...MUDARSE

Caitie McAneney
Traducido por Marcela Brovelli

PowerKiDS press.
Nueva York

Published in 2015 by The Rosen Publishing Group, Inc.
29 East 21st Street, New York, NY 10010

First Edition

Editor: Caitie McAneney
Book Design: Mickey Harmon
Spanish Translation: Marcela Brovelli

Photo Credits: Cover/series logo Alhovik/Shutterstock.com; cover banner moham'ed/Shutterstock.com; cover image Darren Baker/Shutterstock.com; back cover, pp. 3, 4, 6, 8, 10, 12, 14, 15, 16, 18, 20, 22–24 (interior background) Matyas Szabo/Shutterstock.com; p. 5 Anna Jurkovska/Shutterstock.com; pp. 7, 13, 14, 19, 22 Monkey Business Images/Shutterstock.com; p. 9 Dragon Images/Shutterstock.com; p. 11 Tyler Olsen/Shutterstock.com; p. 15 (kids) Andresr/Shutterstock.com; p. 15 (album) Vasilyev Alexandr/Shutterstock.com; p. 16 Kamira/Shutterstock.com; p.17 Artazum and Iriana Shiyan/Shutterstock.com; pp. 20, 21 Life Photo Studio/Shutterstock.com.

Library of Congress Cataloging-in-Publication Data

McAneney, Caitie.
Mudarse / by Caitie McAneney, translated by Marcela Brovelli.
p. cm. — (Hablemos acerca de...)
Includes index.
ISBN 978-1-4994-0211-7 (pbk.)
ISBN 978-1-4994-0365-7 (6-pack)
ISBN 978-1-4994-0210-0 (library binding)
1. Moving, Household — Juvenile literature. 2. Moving, Household — Psychological aspects — Juvenile literature. 3. Moving, Household — Social aspects — Juvenile literature. I. McAneney, Caitie. II. Title.
TX307.M348 2015
648—d23

Manufactured in the United States of America

CPSIA Compliance Information: Batch #CW15PK: For Further Information contact Rosen Publishing, New York, New York at 1-800-237-9932

CONTENIDO

HOGAR, DULCE HOGAR

Un hogar es algo más que un edificio. Es el lugar donde vives con tus padres, tus abuelos u otras personas que están a cargo de tu cuidado. Seguramente tienes amigos o vecinos cerca. El hogar es donde te sientes seguro y donde nacen tus mejores recuerdos. Es por eso que mudarse del hogar donde uno ha crecido es siempre doloroso.

¿Qué pasaría si te dijeran que tienes que mudarte a una nueva casa? Puede ser una noticia dolorosa.

CUÉNTAME MÁS

Cuando escuchas una mala noticia, puede que te afecte o te cause asombro. Tómate un tiempo para pensarlo y aceptar la idea de un cambio.

Si te enteras de que un amigo o familiar se muda lejos, es normal que te sientas triste, preocupado o, incluso, enojado. Todos los cambios son difíciles.

¿POR QUÉ SE MUDA LA GENTE?

Las familias se mudan por muchas razones diferentes. Tal vez, porque uno de los padres consiguió trabajo en otro estado o ciudad. A veces, uno de los padres pierde el empleo y la familia debe mudarse a un lugar menos costoso.

En ocasiones, una familia se muda para estar más cerca de algo que valora. Quizás prefieren mudarse a una ciudad con mejores escuelas o a una comunidad más segura, o para estar más cerca de otros miembros de la familia. A veces, las personas se mudan cerca de los abuelos o de algún otro familiar que necesita ayuda.

CUÉNTAME MÁS

Entender las razones por las que se van a mudar seguramente te ayudará a sentirte mejor. Habla con tus padres acerca de ello y trata de mantener la mente abierta.

Generalmente, los padres deciden mudarse porque es lo mejor para toda la familia. Puede que te parezca injusto, pero al final puede que sea la mejor decisión para el futuro.

ÁBRETE A LOS DEMÁS

Aun entendiendo las razones por las que te vas a mudar, puede que todavía te sientas mal. Es normal sentirse triste o preocupado. Seguramente te sentirás triste por dejar a tus amigos y con temor de que se vayan a olvidar de ti. A lo mejor te preocupa no poder hacer nuevos amigos en la escuela o en el vecindario.

Expresa abiertamente tus sentimientos con alguien de confianza. Habla con uno de tus padres, un familiar o un amigo, verás que te sentirás mejor. Ellos te podrán aconsejar y quizá te digan que ellos también se sienten tristes y preocupados.

La gente con la que puedes hablar será tu grupo de apoyo. Ser franco con ellos te ayudará a comprender que no eres el único que está triste o preocupado.

SABER UN POCO MÁS

Tratar de obtener información sobre tu nuevo hogar y el barrio puede que te ayude. ¿Buscaste el lugar en un mapa? Tal vez no está tan lejos como pensabas. Quizá queda cerca de un **museo** o de un parque.

Pregúntale a tu familia acerca del nuevo barrio. Si queda muy lejos, averigua cómo es el **clima** y cómo son los alrededores. Puedes usar Internet para **investigar** acerca de tu nueva comunidad. ¿Hay una biblioteca o una pista para patinar cerca?

Buscar información sobre tu nueva comunidad puede entusiasmarte. Tal vez te sientas mejor al saber que puedes continuar haciendo tus actividades preferidas.

EMPACAR

Ver tus cosas personales metidas en cajas puede ser doloroso. ¿Qué puedes hacer para sentirte mejor antes de empacar?

Puedes tomar fotografías de tu hogar. Así, podrás recordar el lugar donde vivías. Llena una caja con tus juguetes, posters y objetos preferidos y ponle tu nombre para que la reconozcas enseguida que llegues a tu nuevo hogar.

CUÉNTAME MÁS

Las primeras noches en una nueva casa te pueden resultar extrañas. No te olvides de tener a mano cosas que seguro necesitarás, en especial, un cepillo de dientes.

Quizá sientas que la decisión de mudarte está fuera de tu control. Pero tener todas las cosas listas y en orden sí está bajo tu control.

DECIR ADIÓS

Lo más difícil de mudarse es despedirse de los amigos. Tal vez tengas miedo de que la amistad no continúe como hasta entonces.

Recuerda que a pesar de los cambios, esto no quiere decir que vas a perder a tus amigos.

Antes de despedirte, planifica volver a ver a tus amigos. Si no te mudas muy lejos, invítalos a una fiesta o a que se queden a dormir en tu casa. Si te mudas lejos, haz planes para hacer vídeo conferencias o hablar por teléfono. Anota sus direcciones y sus números de teléfono para que con sólo escribir o llamar puedas saber de ellos.

CUÉNTAME MÁS

Antes de mudarte, toma fotografías de tus amigos y así las podrás ver siempre que quieras.

UN NUEVO LUGAR

Seguramente, por un tiempo el nuevo lugar te resultará raro. Quizá se vea vacío y no te parezca como un "hogar". Date tiempo para acostumbrarte a la nueva casa. Tus padres y otros familiares seguramente se sentirán igual. Es normal que extrañes tu antigua casa.

Al principio, tal vez te sientas extraño en tu nuevo entorno. Dale un toque personal a tu nueva habitación. Si la compartes, puedes **decorar** tu lado como más te guste.

Puedes decorar tu habitación siguiendo tus propios gustos: puedes colgar cuadros, colocar muñecos de peluche y elegir los colores que te gusten. ¡Decorarla será divertido!

EL PRIMER DÍA DE CLASES

No es fácil ser un alumno nuevo en la escuela. Hacer nuevos amigos y acostumbrarte a todo puede ser difícil. Te tomará tiempo sentirte uno más, pero hay cosas que puedes hacer para que todo sea más fácil.

Averigua si hay asociaciones y equipos en los que puedas inscribirte. Esto te ayudará a conocer gente y te mantendrás ocupado. En muchas escuelas hay clubes de arte, de ciencias y grupos de **voluntarios**. Seguramente también hay equipos de baloncesto y béisbol.

CUÉNTAME MÁS

Tal vez te preocupe no conocer bien toda la escuela. Pídele a alguien que la recorra contigo para saber dónde queda todo.

Si al principio las clases te resultan difíciles, no tengas miedo de pedirle ayuda al maestro.

UNA NUEVA COMUNIDAD

Si te mudaste cerca, seguro vives en la misma comunidad en la que creciste. En ese caso, podrás visitar tus lugares preferidos, como la biblioteca y el parque. Pero si te mudaste lejos, podrás dedicarte a **explorar** tu nueva comunidad.

Recorre tu vecindario con tus padres. Puedes visitar los parques, los comercios y los restaurantes. Si te encuentras con niños, **preséntate**. Si eres amable y abierto con las personas que conoces te ayudará a formar parte de tu nueva comunidad.

Muchas comunidades tienen actividades divertidas y diferentes clases para niños. Puedes inscribirte en una **academia** de danza, en un equipo de fútbol o en clases de natación.

¿YA ES UN HOGAR?

Pasará un tiempo hasta que sientas que tu nueva casa o apartamento es tu hogar, esto es normal. Según vayas decorando tu habitación, conociendo más amigos y acumulando recuerdos, verás que pronto comenzarás a sentirte que estás en "tu hogar".

Es bueno expresar tus sentimientos. Tal vez llores y extrañes tu antiguo hogar o te enojes por haber tenido que mudarte. Ten **paciencia** y verás que cuando menos lo pienses, te sentirás de nuevo en tu hogar.

GLOSARIO

academia: Lugar donde se estudia danza, canto o arte.

clima: Temperatura y condiciones características de un lugar.

decorar: Adornar con dibujos o cosas para que un lugar se vea más bonito.

explorar: Investigar algo para tener más información.

investigar: Estudiar un tema a fondo para conocer más acerca de éste.

museo: Sitio donde se conservan y exhiben obras de arte o piezas históricas para que la gente las vea y estudie.

paciencia: Calma para esperar.

presentarse: Dar el nombre de uno a otra persona para hacerse conocer.

voluntario: Hacer algo para ayudar porque uno lo desea.

ÍNDICE

Sitios de Internet

Debido a que los enlaces de Internet cambian a menudo, PowerKids Press ha creado una lista de los sitios Internet que tratan sobre el tema de este libro. Este sitio se actualiza con regularidad. Por favor, usa este enlace para ver la lista: www.powerkidslinks.com/ltai/mov